AF356096

1903 - Décembre 23

VENTE

DU

Jeudi 24 Décembre

HOTEL DROUOT

Salle N° 10

à 3 heures 1/2

EXPOSITION PUBLIQUE
le 23 Décembre 1903

Peintures Pastels,

Sanguines

PAR

Jules

CHÉRET

M⁰ Georges **BONNAUD**
Commissaire-Priseur

M. L. MOLINE
Expert

NOUVELLE
IMPRIMERIE
Edouard LASNIER
Directeur
37, Rue St LAZARE
PARIS
Téléphone 959-74

CATALOGUE

de

Peintures, Pastels

Sanguines

par

JULES CHÉRET

Dont la vente aura lieu

HOTEL DROUOT, SALLE N° 10

Le Jeudi 24 Décembre 1903 à 3 h. 1/2

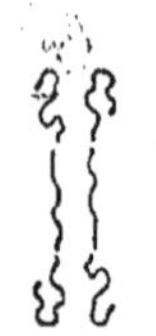

Commissaire-Priseur	Experts
M° Georges **BONNAUD**	M. L. **MOLINE**
23, Rue Le Peletier	*20, rue Laffitte*

EXPOSITION PUBLIQUE

Le Mercredi 23 Décembre, de 1 h. 1/2 à 5 h. 1/2

Jules Chéret

Dans une époque d'amertume, de grincements, de réalités parfois plates et tristes, le peintre de la fantaisie, de la grâce, de la joie !

Un nom qui, dans notre esprit, sonne comme un chant de fête, comme un beau rire nerveux et clair de femme heureuse !

Pour tous les contemporains il n'éveille que des souvenirs de frénétiques farandoles, de gambades folâtres, d'attitudes d'amour, de volupté, de plaisir.

Voilà trente ans que nous le lisons sans cesse au bas de radieux pastels où les allégresses de la vie sont traduites en compositions pimpantes, sur d'innombrables affiches aux arabesques si souples, aux harmonies si somptueuses et si fraîches, qui sont comme autant d'appels au bonheur, et enfin, parmi les jonchées de fleurs ou les chatoyants jeux de lumière sur le sol, à l'angle de décorations éclatantes, d'un équilibre si sûr dans leur grâce légère, où un délicieux artiste met toute son âme, ardente et toujours jeune, de poète sensible aux joliesses de la vie moderne.

Voilà trente ans que nous nous promenons, enchantés, au milieu de la beauté et de la joie que, avec une fantaisie jamais lasse et sans cesse renouvelée aux spectacles du monde, il met aux murs de nos villes et dans les salles pour la parure desquelles on eut recours à son charmant génie.

Une morne façade, un entrecroisement fétide et lugubre de ruelles, un long mur désespérant comme un jour de Novembre, toute la maussaderie banale ou tragique des Cités noires et voici que soudain à nos yeux éblouis éclatent une fanfare d'exaltantes couleurs, de rouges et de verts, de jaunes et de bleus, de noirs et d'ors, une harmonieuse danse de lignes envolées et de tons joyeux, comme pétales de roses palpitant dans un friselis de plaisir ! Les hideuses salles d'un Hôtel-de-Ville barbouillé, dans le tohu-bohu le plus paradoxal, de décorations ternes, lourdes, discordantes qui nous embrument de spleen, et tout à coup, par chance, l'aise nous revient au cœur parce qu'une porte vient de s'ouvrir sur un salon que Chéret illustra de sa fantaisie radieuse et qui vous met dans l'esprit des rythmes de fête.

C'est vraiment un poète aux plus fraîches, aux plus riantes imaginations, que ce peintre si épris de beauté moderne et capable de mettre au service de ses jolis rêves les dons les plus prestigieux du coloriste et du dessinateur. C'est le poète brillant, alerte, spontané, de tout ce qu'il reste de grâce et de joie dans la vie contemporaine, le poète des souples élégances de la femme, de sa chair fardée rayonnant sous les féeriques éclairages, de ses toilettes à la fois somptueuses et légères qui, moulant son corps gracile, dodu et comme crispé de toute la vie nerveuse qui le soutient, volètent, claquent, frissonnent autour des gorges tendues, des hanches rebondies. du paraphe harmonieux des jambes repliées ou pirouettantes; c'est l'interprète passionné des fêtes de Paris, de son vertige d'amour et de plaisir, de ses jolies élégances court-vêtues et chiffonnées, de ses frénétiques allégresses, de sa chevauchée, convulsive mais éblouissante, vers le mirage des bonheurs artificiels.

En nos cœurs charmés l'œuvre de Chéret retentit comme une symphonie alerte, joyeuse, vibrante, qui, sur tous les thèmes de plaisir offerts par la vie, renouvellerait sans cesse ses adorables variations, où le chant des flûtes et la caresse des violes, doucement évocateurs de grâce et d'amour, seraient soutenus par les sonorités triomphales des cuivres.

Les œillades luisantes des femmes, la fleur pourprée du sourire qui éclôt sur leurs lèvres, leurs gestes de coquetterie juste assez pudiques pour que l'abandon soit plus savoureux, les doigts qui se posent, avec une légèreté de libellules, sur une rose épanouie au corsage ou sur le ruban dont la nudité d'une épaule est seule vêtue, c'est la fine chanson de volupté qu'accompagnent toujours en puissantes harmonies — telles des fanfares grondantes — le jaune et le rouge des robes, l'or des chevelures, les fulgurantes lumières qui s'assoupissent en ombres bleues ou violettes, balafrées de lueurs, et dans le faste transparent desquelles, comme parmi les fumées éblouissantes d'un rêve, paysage exquis ou décors de Cités surgissent.

Évocations qui disent assez tout ce qu'il fallut à ce poète des joies de la vie, de merveilleux dons plastiques pour réaliser en belles compositions, harmonieuses par les lignes comme par les couleurs et savamment équilibrées, tant de fantaisie légère, ailée, papillonnante!

Si elle n'avait pas eu à son service pareille maîtrise de coloriste et de dessinateur, à quelle cacophonie, à quel désarroi n'eût-elle point pu aboutir! Au lieu de s'associer en arabesques joliment décoratives, les lignes décrivant gestes et attitudes de cette humanité dansante, comme emportée dans une vertigineuse rafale d'ivresse, auraient pu n'être que de déconcertants griffonnages, de même que les beaux tons fastueux et riches, loin de s'unir en d'éclatants accords, n'eussent été qu'un inutile fracas.

Ce n'est que grâce à toutes les ressources d'un talent fortifié sans cesse par l'étude du réel que Jules Chéret parvint à traduire en formes si harmonieusement solides les exquises imaginations que la vie lui suggère et par lesquelles il en transpose le charme joyeux et pittoresque.

On peut même avoir la certitude que, pour donner un corps à cette fantaisie souple et mobile comme une flamme, il fallut une science d'autant plus expérimentée, une étude de la nature d'autant plus profonde que cette fantaisie avait plus de coups d'ailes et de délicieux caprices.

C'est ce peintre savant, observateur attentif de tous les aspects de la vie, que l'œuvre de Chéret nous apprend à connaître dès qu'on veut bien aller plus loin que son charme superficiel. Quelle erreur et quelle injustice commettraient ceux-là ayant assez peu regardé pour croire qu'il n'y a dans ces radieux panneaux que jolis rêves de poète et brillantes improvisations de peintre, à coup sûr doué de verve, mais dont le talent s'amuse un peu trop aux grâces du dehors !

Il faut avoir vu les belles sanguines, les innombrables dessins de Chéret pour se rendre compte de toutes les études passionnées en face du modèle vivant, auxquelles il se livre avec une ténacité d'apprenti et une conscience de vieux maître, — le maître qu'est Chéret n'a-t-il pas gardé l'ardeur et la fraîcheur d'âme d'un homme tout jeune ? — avant d'entreprendre une de ses grandes compositions décoratives qui semblent si spontanément jaillies d'un cerveau allègre et primesautier.

Impression de facilité qui naît assurément de son inaltérable jeunesse, mais qui provient surtout, comme dans toutes les œuvres où elle est donnée, d'une merveilleuse sûreté d'œil et de main et d'un patient travail préparatoire.

Synthèses de formes et de couleurs que, seules, des analyses délicates permettent, et qui se renouvellent au gré de l'inspiration parce que l'artiste ne se lasse pas d'en contrôler les éléments par l'étude de la réalité.

De même encore, sans vouloir réduire, dans un si gracieux talent, la part de don et d'instinct qui est l'un de ses charmes, ne faut-il pas montrer comme il est réfléchi, comme il s'est développé — tout en restant personnel — sous l'influence de l'atmosphère et des idées ambiantes ? Si directement que l'art de Chéret soit issu de sa nature primesautière, de son alerte fantaisie et de ses dons de coloriste, est-ce que ses méditations devant l'œuvre des Japonais, est-ce que ses recherches parallèles à l'effort des Impressionnistes n'ont pas déterminé son vrai caractère ? Preuves multiples des études et des réflexions qui si discrètement étayent cet art qu'on ne songe à dire superficiel que parce que l'effort n'y est jamais apparent et pénible.

A Chéret comme à tous les beaux peintres de notre époque les estampes des Japonais donnèrent le goût des tons francs, l'audace des juxtapositions éclatantes et des radieuses harmonies de couleurs. Leurs croquis, si expressifs dans leur forte sobriété, les encouragèrent à l'interprétation plus hardie des gestes humains, de la prestesse des animaux, des aspects de la campagne, des nuances les plus fugaces de l'atmosphère.

Telle fut sur les artistes modernes l'heureuse influence du Japonisme. Nul n'en profita d'un esprit plus libre que Chéret, sachant ne s'inspirer que de ce qui s'accorde avec son tempérament et avec sa vision. Par exemple n'eût-il pas été déplorable que l'observation du détail et la virtuosité minutieuse des Japonais alourdissent le « faire » large de ce décorateur ardent ? Aussi se contenta-t-il de leur emprunter le goût des simplifications de couleurs, des harmonies fraîches et joyeuses, et la science de leur dessin qui, ne reculant devant aucune hardiesse imprévue d'attitude, résume la nature avec tant de force.

De quel beau trait souple et accentué, ne donnant que l'essentiel, Jules Chéret saura rendre la mobilité d'un corps de femme sous la jupe, la crispation des doigts, les gestes de fiévreuse élégance que tant d'autres peintres n'auraient pas été capables d'observer ou qu'ils n'auraient jamais osé rendre !

Cette science, cette audace acquise par tant de travail et de réflexion étaient si bien dans la nature de Chéret, complétaient si harmonieusement ses dons innés, que jamais, même aux heures les plus incertaines du début, elles n'altérèrent le charme de sa sensibilité si aiguë et si neuve, la grâce de la fantaisie avec laquelle toujours il interpréta la nature. Sa personnalité ne fut entière qu'à partir du moment où il eut adapté à sa vision si originale tous ces conseils d'audace qui nous arrivaient des pays de la couleur et dont tous nos glorieux artistes d'aujourd'hui eurent la sagesse de profiter.

En raison de cette adaptation si réfléchie, l'art de Jules Chéret, si particulier qu'il ne s'apparente à l'art d'aucun autre, reste délicieux par ses qualités toutes françaises de poésie, de joie, d'élégance, de fantaisie rieuse et franche. A une époque récente où le snobisme nous encombrait d'art Belge ou Britannique et, après avoir banalisé nos demeures par des meubles pour Transatlantiques, menaçait d'enlaidir nos rues par des affiches lourdement prétentieuses et nos salles de spectacle par de lugubres décorations, quel soulagement n'était-ce pas pour nous d'apercevoir, sur les murailles de nos avenues, sur le rideau d'un théâtre ou dans une salle de mairie, les prestes et vivantes silhouettes de Chéret, ses libres farandoles de femmes avec leurs bras en guirlande, ses harmonies si légères et si radieuses !

Si, longtemps, Chéret employa son gracieux génie à ces décorations passagères qui, sur le papier des affiches, mirent tant d'allégresse à travers les rues, c'était dans l'attente des grandes décorations durables, soit aux palais nationaux, soit aux maisons privées, que sa gloire grandissante lui attirerait un jour.

Tant de sanguines délicates, de frais pastels, de resplendissantes affiches semés dans le monde comme à plaisir, le préparaient à ces grandes toiles où sa fantaisie pourrait prendre ses ébats parmi les grâces de la nature, les fêtes et les joies du Monde, les enchantements de la fiction. Les salons de l'Hôtel de Ville, les panneaux décoratifs de la maison Vita à Evian, la salle du Théâtre Grévin et de nombreuses peintures murales en des demeures particulières nous ont prouvé — sans que nous eussions besoin de cette démonstration — que l'allègre fantaisie de Jules Chéret, ses délicieuses transpositions des grâces et des joies de la vie, les expressives synthèses de son dessin souple et net, enfin tous ses merveilleux prestiges de coloriste, si fêtés dans ses tableaux de chevalet, dans ses pastels, dans ses éventails, et qui nous valent sans cesse les joyeuses réussites de ses affiches, pouvaient nous donner aussi le bonheur de fulgurantes décorations.

C'est pour les murailles une telle parure de gaieté que l'on se demande par quelle aberration l'Etat n'a pas plus souvent confié à Chéret le soin de mettre, dans la pleine liberté de sa fantaisie, des fresques de joie et de lumière aux parois de ses salles de fête, de ses bâtiments de plaisir. N'est-il pas facile d'imaginer les clairs panneaux d'allégresse dont Chéret aurait pu embellir par exemple le nouvel Opéra-Comique qui, aussi bien par l'ornementation que par l'architecture, semble être, pour l'ébahissement de l'avenir, le Conservatoire des pires laideurs contemporaines.

Ce n'est pas assez qu'un brillant artiste comme Chéret ait, depuis plus de trente ans, charmé notre vie intime par la vérité de ses sanguines — adorables études des souplesses de la femme moderne — par la fraîcheur de ses pastels chatoyants comme des ailes de papillons dans la lumière, par sa peinture d'une couleur si éclatante et si large. Il ne suffit pas que, depuis toujours, il ait illustré nos rues de folâtres silhouettes et d'harmonies radieuses. Tous ceux qui, malgré l'Américanisme en vogue et le paradoxal retour à la peinture bitumeuse, sont friands d'alerte et claire beauté française, souhaitent que Jules Chéret soit chargé, tandis qu'il est encore dans l'exquise jeunesse de sa fantaisie et dans la forte maîtrise de ses dons plastiques, de faire rayonner autour de nous sa joie.

Quelle image de grâce et de bonheur il doit ainsi continuer à nous offrir! Parmi les guirlandes de fleurs, jolis sourires de femmes dont les frais visages, les regards luisants et les bouches pareilles à des bouques s de printemps, sont eux-mêmes comme d'autres fleurs. Autour des têtes langoureuses et mutines, l'envol des bras en liane pour une figure de danse, ou bien leurs souples allongements vers les bouffettes de la jupe, vers la gaze palpitante des écharpes ou vers les roses qui saignent dans l'ombre bleuâtre. Sous l'étoffe qui moule les jolies gorges laiteuses, les hanches replètes, c'est la belle ligne hardie des jambes qu'on sent frémir et qui parfois se trémoussent dans l'ivresse d'une danse et la joie d'une gambade.

La femme, symbolisant la grâce espiègle, fringante, voluptueuse de Paris, la Femme, prétexte de toute fantaisie, cause de tout vertige, la Femme, inspiratrice de toute poésie et de la beauté qui est encore dans l'existence, gardienne adorée de l'élégance et du charme! Presque toujours dans l'œuvre de Chéret c'est elle qui est le centre de composition.

Frénétique, énamourée, joyeuse, elle y règne. C'est comme pour mettre une caresse autour de sa chair que les fleurs voltigent, se nouent en guirlandes. C'est pour rendre plus féerique son ensorcellement que les lumières jouent sur sa peau, c'est pour la langueur de ses attitudes, pour la câlinerie de ses gestes ou pour la grisante prestesse de ses farandoles qu'autour d'elle Arlequin, rouge ou diapré, prodigue ses pirouettes, que Pierrot, blafard sous l'immatériel argent de la lune, tire de sa guitare d'émouvantes chansons, c'est pour lui faire joyeux cortège que, agiles et folâtres, simples passants indistincts dans l'ombre violette de son lumineux triomphe, des hommes éperdus l'enveloppent de leurs rondes.

Sous sa main les pittoresques attributs de son mystérieux charme et de sa folie : le tambourin qui fait vibrer les nerfs et marque la cadence de son vertige, l'éventail dont le jeu aguichant souligne ses coquetteries, le loup et le masque, comme si le rire de son artificiel visage n'était pas un masque suffisant ! Parfois aussi, au milieu des jouets éclatants de couleurs, la figure illuminée, de radieux enfants cabriolent à ses pieds, près de son corps que l'amour fit fleurir en cette jolie chair blonde et rose, jolis anges joufflus, aux beaux yeux de lumière et de désir, qui sont comme une couronne de frais boutons autour d'une grande belle rose épanouie !

Art d'élégance, de grâce, de joie, dans la pimpante tradition française du xviiie siècle, mais qui, au même titre art de vérité, évoque en délicieuses transpositions les élégances et les fêtes de la vie moderne.

Du moindre croqueton de Chéret la spontanéité sincère de son œuvre se dégage si bien que l'on ne songe même pas à en chercher la preuve dans le caractère et l'esprit du peintre. Cependant, comme il est agréable d'apercevoir derrière l'artiste un homme tout pareil à l'idée qu'on avait plaisir à se faire de lui d'après ses toiles, c'est pour les admirateurs de Jules Chéret une délicate satisfaction que de découvrir en lui un esprit jeune, ardent, pailleté, plein de prestesse et de joie, sensible à la plus fugace apparition de Beauté. Par son allure même, si fringante, et par la vive lueur de son regard noir, si jeune sous les cheveux blancs qui au-dessus de son frais visage, semblent être une coquetterie de plus, il a l'air d'un personnage de ses toiles.

L'harmonie est complète entre l'homme et son œuvre. C'est pour cela qu'elle se prolonge, si féconde, si variée, si alerte, pour notre enchantement.

Georges Lecomte.

PEINTURES

1 — Panneau décoratif.

Haut. : 1m30. Larg. : 0m85.

2 — Descente de la Lune.

Haut. : 0m60. Larg. : 1m60.

3 — Le Patinage.

Haut : 2m10. Larg. : 0m90.

4 — Bébés et poupées.

Haut. : 0m61, Larg. : 0m39.

5 — Femme en jaune.

Haut. : 0m80. Larg. : 0m45.

6 — Danseuses.

Haut. : 0m33. Larg. : 0m25.

PASTELS

7 — Le déjeuner sur l'herbe.

Haut. : 0m50. Larg. : 0m75.

8 — Le bourgeois gentilhomme.

Haut. : 0m64. Larg. : 0m45.

9 — La peinture.

Haut. : 0m45. Lagr. : 0m24.

10 — Panier.

Haut. : 0m60. Larg. : 0m37.

SANGUINES

ET SANGUINES REHAUSSÉES

11 — Pierrot.
12 — Danseuse espagnole.
13 — Violoniste.
14 — Danseuse.
15 — Femme Directoire.
16 — Femme relevant sa jupe.
17 — Femme au panier.
18 — Femme au chapeau.
19 — La Révérence.
20 — Travesti.
21 — Mandoliniste.
22 — Femme assise.
23 — Femme assise.
24 — A terre.
25 — Femme assise.
26 — Sur la branche.
27 — Femme assise.
28 — Femme assise.
29 — Femme costume Pompadour.
30 — La Pavane.
31 — Pas de danse.
32 — Pierrot.
33 — Danseuse espagnole.
34 — Femme assise.
35 — Travesti.
36 — Diseuse.
37 — Femme relevant sa jupe.
38 — Femme au manteau.
39 — Femme à la harpe.
40 — Danseuse.

CONDITIONS DE LA VENTE

La vente sera faite au comptant.

Les acquéreurs paieront *dix pour cent* en sus des prix d'adjudication.

Nouv. Imprimerie, 37, rue St-Lazare. Ed. Lasnier, directeur .

www.ingramcontent.com/pod-product-compliance
Lightning Source LLC
LaVergne TN
LVHW011456170726
843501LV00009B/3454